CHRISTOPHER UND PEREGRIN UND WAS WEITER GESCHAH

Ein Bären-Roman in drei Kapiteln
Von H.C.Artmann und Barbara Wehr
Zu Bildern von George Martyn
Ein Insel-Bilderbuch

Die Bilder von George Martyn
erschienen erstmals, als Illustration zu
einer Geschichte von Edith S. Jacob,
1886 in London.

Erste Auflage 1975

Druck: P. R. Wilk, Seulberg/Taunus
Printed in Germany

Erstes Kapitel

IM WALD VON OAKLAND LEBTEN EINMAL ZWEI BÄREN,
die hießen Christopher und Peregrin. Sie hatten sich ein kleines Haus gebaut, ziemlich weit weg vom nächsten Dorf, damit sie ihren Frieden hatten und ihnen keiner in die Quere kam, und lebten dort recht vergnüglich: auf den Feldern bauten sie Kartoffeln und Mais an, hinter dem Haus hatten sie eine eigene Bienenzucht, und die Kuh Louise sorgte jeden Morgen für frische Milch. Abends saßen sie vor dem Kaminfeuer, schmauchten ein zwei Pfeifchen, schauten die Fotoalben mit den Bildern ihrer Ahnen an oder zankten sich (aber das war selten der Fall, denn Christopher, der der jüngere war, gab meistens nach; das war weniger anstrengend, als sich lange herumzustreiten).
So verlief ihr Tagesablauf beschaulich, von kleinen Zwischenfällen abgesehen, und die beiden waren's zufrieden; von Natur aus neigen

Bären eher zu Bequemlichkeit, und auf der faulen Haut liegen und ein Honigbrot essen sagt ihnen mehr zu, als sich in irgendwelche Abenteuer mit ungewissem Ausgang zu stürzen.

Am Tag zuvor hatte es geregnet, und die Luft roch noch frisch und grün, als Peregrin sich am offenen Fenster dehnte und reckte, daß seine Knochen knackten.

»Werd mal nach Louise sehen«, sagte er mit einem neidischen Seitenblick auf Christopher, von dem nur ein paar zottelige Quadratzentimeter zwischen Kopfkissen und Plumeau zu sehen waren.

»Mein Magen sagt mir, daß es Zeit zum Frühstück ist.« Er tauchte seine Nase in die kalte Waschschüssel, fuhr sich mit dem Kamm durch den Pelz, schnappte sich den Melkkübel und ließ die Tür ins Schloß donnern.

»Summsummsumm Bienchen summ herum« pfiff er, als er von der Weide zurückkam, und er ließ den vollen Eimer rotieren, ohne einen einzigen Tropfen Milch zu verschütten (das trainierte er jeden Morgen).

»Tz, tz«, Christopher hatte noch nicht den Tisch gedeckt.
»Einen wunderschönen guten Morgen!« rief er dröhnend, doch keine Antwort kam. Sein Ärger verwandelte sich in Besorgnis, als er am Bett stand und vergeblich versuchte, Christopher zum Aufstehen zu bewegen; und als dieser mit einer müden Geste das leckere Frühstück zurückwies, das er ihm auf einem Tablett gebracht hatte, da wußte er endgültig, daß mit seinem Freund etwas nicht in Ordnung sein konnte.

Schweren Herzens machte sich Peregrin auf den Weg, um den Arzt zu holen. Dieser packte sein Stethoskop, ein Fieberthermometer, verschiedene Pillen in verwegenen Farben und eine Salbe zum Einreiben der Brust in seine schwarze Tasche, fuhr in seinen Trenchcoat und folgte ihm.

»Tja«, sagte er, nachdem er Christopher gründlich untersucht hatte, und kratzte sich am Kopf. »An und für sich sind die Symptome harmlos, würde ich sagen. Aber gerade bei so unscheinbaren Krankheiten kann es böse Überraschungen geben. Das heißt, wir müssen auf das Schlimmste gefaßt sein. Aber es ist durchaus kein Grund zur Beunruhigung vorhanden«, fügte er schnell hinzu, als er sah, wie Christophers Nase spitzer und blässer wurde und Peregrin verzweifelt und ziemlich sinnlos von einem Fuß auf den anderen trat, »ich würde sagen, Bettruhe kann nie etwas schaden, und ab und zu ein gutes Süppchen, Fleischbrühe zum Beispiel, wird unserem Kranken bald wieder auf die Beine helfen. Die Salbe zum Einreiben lasse ich da, wünsche baldige Gene-

sung.« Und weg war er, nachdem er noch über den Gartenzaun »Die Rechnung kommt in den nächsten Tagen mit der Post!« gerufen hatte.
Peregrin seufzte. Er machte sich ernsthaft Sorgen. Christopher seufzte nicht, er war zu schwach. Er war zu schwach zum Seufzen, zu schwach zum Reden, zu schwach zum Essen. Nicht einmal die Rosinenbrötchen, die Peregrin ganz hervorragend buk, konnten ihn reizen (so mußte Peregrin das Dutzend selbst verdrücken, aber ebenso gut hätte er sein Taschentuch verspeisen können, so wenig wollte es ihm unter diesen Umständen schmecken). Melancholisch lag Christopher in seinen Kissen, betrachtete unter halbgeschlossenen Lidern die Blumentapete und langweilte sich entsetzlich.
Peregrin versuchte mit allen Mitteln, ihn aufzumuntern. Er schleppte das Fotoalbum mit den Großvätern an und dachte sich zu jedem einzelnen lange Geschichten aus: der da mit dem wackeren Backenbart war Fallensteller in Alaska gewesen und verschollen; der Schnösel mit Mittelscheitel war mit einer vom Ballett durchgebrannt und enterbt worden; das schöne

junge Mädchen im Pelz war die schreckliche Tante Lizzie in jungen Jahren. Als er damit keinen Erfolg hatte, las er ihm aus der ›Schatzinsel‹ vor, doch nach zwei Seiten war Christopher weggedöst und schnarchte leise vor sich hin. Da machte sich Peregrin mit Botanisiertrommel und Käscher (beides hatte er auf dem Dachboden gefunden) auf den Weg in den Wald, um Schmetterlinge zu jagen – die wollte er auf die Blumentapete setzen, um etwas Leben in das trübe Krankenzimmer zu bringen. Auch Hirschhornkäfer oder Echsen waren ihm nicht unwillkommen, für die konnte er ein Terrarium bauen, das Christopher schon die Langeweile vertreiben würde ...

Doch außer ganz gewöhnlichen Waldameisen kreuzte nichts seinen Weg, bis er einem leuchtend gelben Zitronenfalter nachstieg – und da er in seinem Jagdeifer den Blick auf die begehrte Beute heftete, vergaß er alle Vorsicht und setzte über Gräben und Büsche. Und schnapp! machte es, und »Oiii!« brüllte Peregrin, und sein Fuß war in einer der Fallen gefangen, die die Wilderer aufstellen, um auf

billige Weise zu einem schönen Hasenbraten zu kommen. Da hatte er es nun! Mit dem Fußeisen im Schlepptau humpelte er nach Hause, und seine Laune war nicht die allerbeste, als er sich stöhnend neben Christopher ins Bett legte. Daß alles, was er unternahm, so unrühmlich endete, ärgerte ihn mehr als die Schmerzen, die allmählich bis zum Knie heraufzogen. Weiß Gott, sie hatten wirklich Pech!
Mit Müh und Not schwang er sich am nächsten Tag auf sein altes Tandem, legte das Bein mit dem schrecklichen Fußeisen vorn über den

Lenker und radelte auf nur einem Pedal zum Arzt, wenn er auch nicht mehr allzu großes Vertrauen in ihn setzte. Dank seines medizinischen Studiums gelang es diesem jedoch, ihn von dem häßlichen Gegenstand zu befreien (wobei er versprach, eine weitere Rechnung zu schicken), und fast schon wieder fröhlich radelte Peregrin, diesmal auf zwei Pedalen, nach Hause zurück.
Aus einer Astgabel und der Armlehne eines ohnedies wackeligen Ohrensessels bastelte er sich eine Krücke, denn der Fuß schmerzte beim

Auftreten doch noch sehr, und in den nächsten Tagen konnte man ihn tapp tapp tock durchs Haus klabastern hören. Als der Arzt zu einer kurzen Visite vorbeischaute, fand er zwei trübsinnige Bären vor, die sich gegenseitig anödeten. Er verordnete auf der Stelle *gute Laune*; das sei das einzige Mittel, sagte er, Christopher vor dem Dahinsiechen zu bewahren. Leicht gesagt, dachte Peregrin und kratzte sich mit der Krücke. Seine Möglichkeiten waren erschöpft, seine Phantasie am Ende. Einen Augenblick lang spielte er mit dem Gedanken, die Kuh Louise ans Krankenbett zu holen, verwarf das aber sogleich wieder, denn Louises einziges Gesprächsthema waren Fliegen, und das bot sicher nicht die Art von Abwechslung, die Christopher jetzt nötig hatte. Außerdem hätte es Schwierigkeiten gemacht, sie die Treppe hinaufzubugsieren. Damit war es also auch nichts.

Dann kam ihm eine weitaus bessere Idee: was Christopher brauchte, war eine Krankenpflegerin. Jemand, der ihm fachgerecht das Laken glattstrich und die Kissen aufschüttelte, ihn mit

frischen Wärmflaschen versorgte und vor allem für gute Laune sorgte.
Ich tauge dazu nicht, wie die Erfahrung gezeigt hat, sagte er sich, also muß jemand her, der Leben in die Bude bringt. Und er angelte sich seine Sportmütze und trabte ins Dorf.
Er schaute hier und schaute da, schnupperte über verschiedene Gartenzäune und sah unauffällig (wie er dachte) durch Wohnzimmerfenster, als er Cecily Ann entdeckte. Cecily Ann saß in der Sonne am geöffneten Fenster und betrachtete zufrieden ihr kleines Gärtchen, das aus einem Topf Geranien, einem Topf mit Sonnenblumen und einer etwas kümmerlichen Petunie bestand. Sie dachte an nichts besonderes, als Peregrin sich räusperte.
»Ahem«, sagte er und nahm galant seine Mütze ab.
Sie sah zu ihm auf.
»Ahem«, sagte er noch einmal, ein bißchen verlegen.
»Darf man wissen, wie das schöne Fräulein heißt?«
»Ich bin Cecily Ann, aber für Fremde bin ich

immer noch *Miss* Cecily«, sagte Cecily Ann. »Und wer bist du?«
»Peregrin«, sagte Peregrin, »und jetzt kennst du mich, und ich darf Cecily Ann zu dir sagen. Hör mal, hättest du nicht Lust, meinen Freund kennenzulernen? Er ist ein feiner Kerl, nur geht es ihm im Augenblick nicht so gut; er liegt im Bett und langweilt sich.«
»Wie heißt denn dein Freund?« fragte Cecily Ann.
»Christopher. Und er ist fast so nett wie ich. Wenn du mitkommst, kannst du Rosinenbröt-

chen probieren, und ich zeige dir auch, wie man Patiencen legt.«
Er drehte seine Mütze in den Händen und starrte interessiert auf das Firmenzeichen, das darin klebte: »Smith's & Son« war darauf zu lesen. Dann sah er in den Himmel, wo es absolut nichts zu sehen gab, seufzte und sagte: »Tja, dann will ich mal wieder . . .«
Und er wollte kehrtmachen, als aus dem Inneren des Häuschens eine Stimme ertönte: »Warte doch gefälligst, dummer Bär. Wer sagt dir denn, daß ich nicht mit dir kommen will? Ich muß nur noch schnell meinen Hut holen.«
Und damit war sie auch schon draußen bei ihm, mit Hut und Täschchen, und schwatzte und plauderte auf dem Weg zum Wald, daß es Peregrin, der keine Erfahrung mit kleinen Mädchen hatte, ganz angst und bange wurde. Du liebes bißchen, dachte er. Entweder haut es Christopher völlig um, oder er wird auf der Stelle gesund. Er fühlte die Last der Verantwortung und wuchs um ganze zwei Zentimeter.
»Tag, Christopher«, sagte Cecily Ann und streckte ihm die Hand entgegen, »Peregrin hat

mir was von Rosinenbrötchen und von dir erzählt, und da bin ich so neugierig geworden, daß ich unbedingt kommen mußte. Ich hoffe, du freust dich.«
Christopher schielte unter der Bettdecke hervor und faßte die zierliche Gestalt, die vor ihm stand, genau ins Auge. Gar nicht so übel, dachte er; wo mag Peregrin die nur aufgetrieben haben?
»Tja, da bist du nun also«, sagte er, um etwas zu sagen. Peregrin nutzte die Gelegenheit, um sich in die Küche zu verdrücken, wo er geschäf-

tig herumhantierte, Teewasser aufsetzte und mit Geschirr klapperte. Als er nach einer Weile mit einem Riesentablett wieder erschien, saß Cecily Ann auf der Bettkante und redete wie ein Wasserfall, und Christopher lauschte interessiert, warf ab und zu ein »Na so was!« oder »Ist doch nicht zu fassen!« und bemühte sich, so liebenswürdig wie nur möglich zu wirken. Ist doch nicht zu fassen, sagte sich Peregrin, setzte das Tablett ab und konnte sich ein Lachen nicht verkneifen.

Christopher erholte sich überraschend schnell, was daran zu erkennen war, daß er das Gespräch immer wieder auf einen gewissen Honigtopf im Keller lenkte, auf dem dritten Regal links. Cecily Ann begriff endlich und schleppte ihm den begehrten Gegenstand an. »Nur ein Häppchen«, sagte Christopher und griff nach dem Löffel, »nur ein Häppchen, und ich werde mich gleich besser fühlen.« Höflichkeitshalber bot er ihr auch davon an, aber er hatte Glück, sie lehnte dankend ab (was damit zusammenhing, daß sie keinen Honig mochte). Daß der Topf beim Hinuntertragen erheblich leichter war, versteht sich von selbst, und von diesem Tag an war Christopher wieder ganz gesund.

Zweites Kapitel

ES FOLGTEN GLÜCKLICHE TAGE. Christopher war fröhlich wegen Cecily Ann, Peregrin war stolz, weil schließlich alles seine Idee gewesen war, und Cecily Ann freute sich über so viel Aufmerksamkeit und über Vanillepudding und so manches andere, das aus Peregrins guter Küche kam. Sie vertrieben sich die Zeit mit Geschichtenerzählen und Mensch-

ärgerdichnichtspielen, und Peregrin mußte zugeben, daß das Familienalbum eigentlich recht langweilig gewesen war; und keiner konnte sich mehr vorstellen, wie sie früher die Abende verbracht hatten, als sie sich noch nicht kannten.

Drittes Kapitel

EINES SCHÖNEN MORGENS gingen Peregrin und Christopher, mit einem Henkelkorb ausgerüstet, in den Wald, um Pilze zu suchen. Peregrin kannte ein französisches Originalrezept, und er wollte seine Freunde mit einem Pilzomelett zum Mittagessen überraschen. Zuvor hatte er sich in dem nützlichen Handbuch ›Die Pilze unserer Heimat‹ genauestens informiert, wodurch sich ein Champignon von dem giftigen Knollenblätterpilz unterscheidet. Eine Weile suchten sie den Boden ab, doch dann wurde es Christopher zu langweilig. Er kehrte zu Cecily Ann zurück, während Peregrin zuversichtlich immer tiefer in die waldige Einsamkeit hineinlief. Als er zwischen Moosen und Farnen kauerte, weil er endlich gefunden hatte, was er suchte, und den Kopf verrenkte, um auf die Unterseite der Pilze zu spähen, ob sie etwa giftige Lamellen besäßen, geschah etwas ganz und gar Unerwartetes, das

sein Leben für die nächsten Stunden und Tage entscheidend verändern sollte. An die Einzelheiten erinnerte er sich später nur mühsam. Das letzte, woran er sich entsinnen konnte, war ein heftiger Schlag auf den Hinterkopf und eine Milchstraße voller Sternchen, die vor seinen Augen tanzte, und schließlich umfing ihn eine wohltuende, sanft schaukelnde Bewußtlosigkeit. Alles um ihn herum verschwamm zu einer großen Suppe aus Pilzen, in die er immer tiefer eintauchte; und er ließ sich fallen, schwebte rücklings durch die köstlich

duftende Soße, sank und sank, Hunderte von Klaftern tief . . .
Dann setzte er hart und gewaltsam auf dem Boden auf, und sich auf dem Grund einer riesigen porzellanenen Terrine wähnend, öffnete er blinzelnd zuerst das eine Auge und dann das andere – und was mußte er sehen? In was für einer wunderlichen Umgebung befand er sich da, er, Peregrin Whortleberry aus dem königlichen Walde von Oakland mit dem beachtlichen Stammbaum? Das gab es doch gar nicht, das war ein zu lächerlicher Traum – man hatte ihn wie irgendeinen dahergelaufenen Zirkusbären in einen fahrbaren Käfig gesperrt, er war auf Sägespänen hinter Gittern gelandet, und das allerübelste war diese Kette aus massivem Eisen, die seinen Hals umschloß. O weh o weh, das ist wahrhaftig ein ruhmloses Ende, dachte er und versank abermals in wohltätige Ohnmacht.
Meine Herren, hier muß eine Verwechslung vorliegen!

Unterdessen waren Christopher und Cecily

Ann ziemlich beunruhigt, als Peregrin nicht zum großartig angekündigten Pilzessen erschien. Sie kannten seine Gewohnheiten und wußten, daß er um nichts in der Welt auf regelmäßige Mahlzeiten verzichtete. ›Ein gutgefüllter Magen kann manches vertragen‹ war einer seiner Grundsätze. Als er auch am späten Nachmittag noch immer nicht aufkreuzte, wurde ihnen schon ganz seltsam zumute. Am Abend saßen sie gebeugt über einer Karte des königlichen Waldes von Oakland, in die jeder Weg und jedes Wirtshaus eingezeichnet war, und sie entwarfen einen Plan, in dem genau festgelegt wurde, wer wo suchen sollte: Christopher übernahm den Wald mit seinen Höhlen und Schlupfwinkeln und Cecily Ann die Felder und den Weg mit den Fuchsienbüschen, der sich bis ins Dorf schlängelte. Mit festen Schuhen und Taschenlampen und dem entsprechenden Teil der Wanderkarte versehen trennten sie sich vor dem Haus, riefen sich trübsinnig »Viel Glück!« zu und begaben sich in entgegengesetzte Richtungen in die anbrechende Nacht. Cecily Ann kehrte als erste in den frühen Morgenstunden zurück. Sie hatte nicht die geringste Spur von Peregrin entdecken können. Als sich ein wenig später Christopher ins Haus schleppte, niedergeschlagen und mit Blasen an den Sohlen, sah sie sofort, daß auch er kein Bote guter Neuigkeiten war. Bei einer Tasse Tee überlegten sie gemeinsam mit schläfrigen Augen, was zu tun sei.

»Und ich sage dir, das gibt es nicht, daß einer spurlos vom Erdboden verschwindet!« sagte Christopher.

»Das sollte man meinen«, sagte Cecily Ann. »Aber in diesem Falle muß es so etwas doch geben.« Christopher rührte in seiner Tasse und starrte in die goldfarbene Flüssigkeit, als läge darin die Lösung.

»Ist dir denn gar nichts aufgefallen? Irgend etwas, das mit Peregrins Verschwinden zu tun haben könnte? In Detektivgeschichten sind es immer Nebensächlichkeiten, die später wichtig sind. Denk einmal scharf nach!«

»Nicht daß ich wüßte«, sagte Cecily Ann mit gerunzelter Stirn. »Das heißt, da fällt mir etwas ein . . . Oh, das wäre aber gar zu schrecklich!«

»Was denn? Was denn?« fragte Christopher und hob den Kopf.
»Am Wirtshaus unten im Dorf hängt ein Plakat, daß ›Mooney, der Welt größte und einzigartigste Tierschau‹ zur Zeit in der Stadt gastiert. Meinst du, es wäre möglich, daß . . .?«
»Um Himmels willen«, stöhnte Christopher, »natürlich, so und nicht anders ist es!« Und er stürzte zum Bücherbord und suchte nach dem Fahrplan. »Wir müssen auf der Stelle nach Pimpleton. Der nächste Zug geht um . . . mal sehen . . . ja, hier . . . geht punkt acht.«
Ein Blick auf die Uhr zeigte ihnen, daß sie nicht mehr viel Zeit zu verlieren hatten. Im Nu waren sie aus dem Haus. Christopher trat wie ein Rennfahrer beim Endspurt in die Pedale seines klapperigen Tandems, und sie flogen nur so über Schlaglöcher und Huppel, daß Cecily Ann, die hinter ihm saß und mit einer Hand ihr Hütchen hielt und mit der anderen den Lenker fest umklammerte, die Augen schloß und zu beten anfing: »Lieber Gott, mach, daß wir den Zug noch rechtzeitig erwischen!«
Ob es ihrem Stoßgebet oder bloß der kräftigen

Beinmuskulatur Christophers zu verdanken war, wissen wir nicht – sie erreichten tatsächlich noch im letzten Augenblick die Bahnstation. Der Mann mit der roten Mütze, der schon den Arm heben wollte, um das Signal zur Abfahrt zu geben, hielt inne, als er die beiden auf dem Bahnsteig erblickte, die verzweifelt mit den Armen winkten; er öffnete schnell die Tür eines Abteils, ließ Christopher einsteigen, schubste Cecily Ann hinterher und gab dann endlich das Zeichen, auf das der dicke Lokführer schon ungeduldig wartete.
Mit heißem Gesicht und klopfendem Herzen ließen sich Christopher und Cecily Ann auf die durchgewetzten Polster fallen und streckten alle Viere von sich. Da saßen sie nun einander gegenüber am Fenster und sahen nach draußen, wo die Landschaft erst langsam, dann schneller an ihnen vorüberzog. Das regelmäßige Ruckeln und Zuckeln des Zuges machte beide so müde, daß Christopher schon nach kurzer Zeit gleichmäßig im Takt mit dem Rattern der Räder vor sich hin schnarchte, und Cecily Ann träumte.

Peregrin in seinem schnöden Käfig konnte und wollte sich indessen nicht mit diesem Schicksal abfinden. Er war fest davon überzeugt, daß es sich nur um ein unbequemes Abenteuer handeln könne, das bald zu Ende wäre. Über kurz oder lang würde der Direktor der Tierschau bei ihm erscheinen, sich höchstpersönlich für den Irrtum entschuldigen und ihm seine rechtmäßige Freiheit wieder zurückgeben. Und er sah sich schon, wie er daheim am Kamin in seinem Lehnstuhl saß, sein Pfeifchen stopfte und dem atemlos lauschenden Christopher und der mucksmäuschenstill dasitzenden Cecily Ann von seinen Erlebnissen berichtete. »Das war nämlich so . . .« würde er sagen, und an den spannendsten Stellen würde er eine kleine Pause einlegen und von einem Rosinenbrötchen abbeißen.

Aber dann sah er durch die Gitterstäbe auf ein Stückchen blauen Himmel, und da wurde ihm klar, daß die Wirklichkeit ganz anders aussah als die Gedanken in seinem Kopf. Er war gefangen, und er unterschied sich in nichts von den Tieren um ihn herum, die das Leben hinter

Gittern hinnahmen, weil ihnen doch nichts anderes übrigblieb, ihre kleinen Kunststückchen machten und längst vergessen hatten, was Freiheit bedeutete. Man würde ihm einen albernen Portiersrock mit Goldknöpfen anziehen, ein Tamburin in die Pfote drücken und erwarten, daß er vor Leuten tanzte, die dafür Eintrittsgeld bezahlt hatten. Stöhnend vergrub er seinen Kopf zwischen den Armen und wollte von dieser schrecklichen Welt nichts wissen. Nur ein Wunder konnte ihn retten. Da merkte er plötzlich, daß er nicht allein in seinem Gefängnis war. Jemand saß neben ihm und

stupste ihn an. Er blickte sich um – und sah in das lustigste Bärengesicht, das man sich überhaupt vorstellen konnte: zwei große sanfte dunkelbraune Augen, die von Wimpern umrahmt waren, darunter ein Schnäuzchen, das glänzte, und perlmuttgleiche Zähne ... Ein Bärenmädchen, das es mit den Schönsten aus dem Fotoalbum hätte aufnehmen können! Er wagte nicht zu sprechen und starrte sie bloß an, aus Furcht, diese Erscheinung könne wie eine Seifenblase zerplatzen, sobald er das Wort an sie richtete. Er hatte in Büchern so manches darüber gelesen ... Aber da sagte sie auch schon mit einer honigdunklen Stimme, die ihn sehr angenehm im Ohr kitzelte:
»Warum bist du denn so unglücklich? Kann ich dir helfen? Ich möchte so gerne, daß es dir gut geht. Nun, sag doch schon etwas.«
»Oh«, stotterte Peregrin und richtete sich auf, wischte sich verstohlen über die Augen und versuchte, unauffällig seinen zerzausten Pelz in Ordnung zu bringen. »Mit wem habe ich denn die Ehre?«
»Ich heiße Loretta und arbeite hier als Tänzerin.

Warum hast du vorhin geweint? Gefällt es dir nicht bei uns?«
»Ich und geweint?« sagte Peregrin und räusperte sich.
»Na, sehr fröhlich schaust du nicht gerade drein.«
»Du mußt wissen«, sagte Peregrin, »daß ich bloß durch einen höchst ärgerlichen Zufall in eure Tierschau hineingeraten bin. Ich habe nicht das geringste mit euch zu tun und muß schleunigst wieder nach Hause.«
Da Loretta schwieg, fiel ihm ein, daß er sie möglicherweise gekränkt hatte, und er fügte sanfter hinzu: »Nicht daß ich euch Künstler verachte. Tanzen ist ein ehrenwerter Beruf, nicht besser und nicht schlechter als jeder andere. Aber ich bin nicht aus freien Stücken hierher gekommen. Jeder Bär hat nun einmal das Recht auf sein eigenes Leben, und meine Begabung ist nicht das Tanzen, sondern eher Bienenzüchten und Kuchenbacken und Menschärgerdichnichtspielen. – Du kannst sicher sehr gut tanzen?« fragte er schüchtern nach einer Pause.

»Ich finde schon«, sagte sie, »mein Name steht auf den Plakaten in Großbuchstaben, im Gegensatz zu denen von Rupert, dem rechnenden Schwein, Alfredo, dem reitenden Äffchen, oder gar Seraphina, der seiltanzenden Katze. Wenn du magst, tanze ich dir mal etwas vor. Willst du?«
Was für eine Frage! Natürlich wollte Peregrin.
»Getanzt wird, wenn es mir paßt!« ließ sich plötzlich eine grobe Stimme mit irischem Akzent vernehmen. Und als sich Peregrin verdutzt, aber langsam, wie es seine Art war,

umwandte, blickte er zum ersten Mal in Mister Mooneys kupferrotes Kartoffelgesicht, von dem ihm zunächst nichts auffiel als ein schwarzer gezwirbelter Schnauzbart, dessen Spitzen ebenso stechend waren wie die schielenden grünen Augen darüber.

»Ja, mein Freund aus den tiefen Wäldern des wilden unverbrauchten Amerika, jetzt wird getanzt! Und warum? Weil ich es so haben will, ich, Mister Malachi Mooney, Direktor der größten und einzigartigsten Tierschau der Welt!«

Damit ließ er seine Peitsche dreimal durch die Luft knallen.

»Hast du überhaupt schon je deine ungeschickten Beine zu einem ordentlichen Walzer oder schottischen Hopser erhoben, oder bist du einer von jenen jämmerlichen Honigdieben, die von Kunst nicht die geringste Ahnung haben?«

»Ich bin«, sagte Peregrin mit verletzter Würde, »weder Ihr Freund aus den tiefen Wäldern des wilden unverbrauchten Amerika noch einer, der sich durch lächerliches Herumhüpfen sein Brot verdienen muß. Mein Name ist vielmehr

Peregrin Whortleberry, ein freier Bürger des königlichen Forstes zu Oakland. Ich protestiere in aller Form gegen diese ungebührliche Behandlung!«
»Papperlapapp«, fuhr ihm Mister Mooney dazwischen, »bei mir bist du Tom Grizzley, der Schrecken des Felsengebirges, und du hast jeden Abend dreimal aufzutreten, verstanden?« Und er fletschte seine großen tabakgelben Zähne und ließ grimmig seine Augen rollen. »Und damit du es weißt: Miss Loretta ist deine Vorgesetzte und Lehrerin, ihr hast du auf Schritt und Tritt zu folgen.«
»Ich wüßte nicht«, sagte Peregrin, »wann ich Ihnen das Du angeboten hätte, Sir!«
Aber was vermag schon ein vornehmes Wesen, wenn sein Gegenüber ein ungehobeltes Gemüt hinter der karierten Weste trägt, einer ist, dessen Herz aus nichts als einer lauttickenden Sprungdeckeluhr über dem dicken Bauch zu bestehen scheint? Ja, Mister Malachi Mooney, der Direktor von MOONEY, DER WELT GRÖSSTER UND EINZIGARTIGSTER TIERSCHAU, war das, was man kurz mit

streng aber ungerecht zu bezeichnen pflegt.
»Ich bitte dich, lieber Peregrin«, sagte Loretta, die *wirklich* eine kleine Amerikanerin war, »glaub diesem ekelhaften alten Mooney kein Wort – ich bin alles andere als deine Vorgesetzte ... aber wenn du es mit mir als Tanzlehrerin versuchen willst, so stehe ich dir von Herzen gern zur Verfügung.«
Und Peregrin sah sich für einen Augenblick als eleganten Tänzer mit der schönen Miss Loretta im gefeierten Mittelpunkt der ihm doch so völlig fremden Zirkuswelt.

Als der Zug in der Station von Pimpleton mit einem energischen Ruck anhielt, wurden Christopher und Cecily Ann aus ihren Träumen gerissen. Im ersten Moment wußten sie nicht, wer sie waren und wo sie waren; aber dann hatten sie nur *einen* Gedanken: nichts wie hinaus und in die Tierschau! Christopher wollte gerade einen freundlichen Herrn mit Vollbart nach dem Weg fragen, als Cecily Ann ihn am Arm zupfte.
»Da, sieh doch nur«, sagte sie ganz heiser vor

Aufregung und zeigte auf das große Plakat, das mit bunten Buchstaben prunkte. Da stand es:

MOONEY

DER WELT GRÖSSTE UND EINZIGARTIGSTE TIERSCHAU

***

mit inländischen und exotischen Tieren
aus aller Herren Länder!

LORETTA

das spitzentanzende Bärenmädchen

Rupert

das mathematische Schwein mit seinem Bruder

Humpert

dem lustigen Kunstpfeifer

Alfredo

der Affe im Sattel

Seraphina

die Katze auf dem fliegenden Trapez
und viele andere Künstler.

***

Um zahlreichen Besuch bittet das sehr verehrte Publikum

MALACHI J. MOONEY

M.Z.G.G.B.

»MZGGB, was soll denn *das* heißen?« fragte Cecily Ann.
»Wahrscheinlich mieser Zirkusdirektor, gemeiner Gauner, Bandit!« sagte Christopher mit einem grimmigen Blick, den man bei ihm gar nicht gewohnt war, »ja, ganz bestimmt sogar, denn ein mieser Zirkusdirektor, ein gemeiner Gauner und Bandit ist er, das kann jeder hören, der es will!«
Wie hätte er auch wissen sollen, daß es in Wirklichkeit bloß ›Mitglied der zoologischen Gesellschaft Großbritanniens‹ hieß.
Hinter der Kasse hockte ein livrierter Schimpanse, auf dessen Mütze in Goldbuchstaben MOONEY stand; das M war ein wenig verrutscht und drohte im nächsten Augenblick herunterzufallen. Der Affe schob jeden Penny zwischen die Zähne und prüfte, ob er echt sei; und bekam er einen Hosenknopf, dann spuckte er ihn dem Besucher auf die Nase. Mister Mooney war sehr stolz darauf, nur kluge Tiere in seiner Menagerie zu halten – doch er ließ es sich nicht anmerken.
»Ach, wo habe ich nur wieder mein Geld-

täschchen . . .?« seufzte Cecily Ann. Sie war wirklich sehr durcheinander.
Christopher mußte als Erwachsener zwei Pennies mehr bezahlen, aber darauf kam es ja nun auch nicht mehr an. Sie liefen schnell durch die Sperre, wo die Eintrittskarten von einem uralten bunten Papagei, der zu nichts anderem mehr taugte, mit dem Schnabel gelocht wurden.
Da standen sie nun zwischen den langen Reihen von Käfigwagen, in denen die gesamte Tierwelt versammelt zu sein schien: ein Löwe,

dem die Trübsal aus den Augen schaute, Eulen und Paviane, die auch lieber draußen als drinnen gewesen wären, fröstelnde Äffchen, die sich aneinanderklammerten, Meerschweinchen und rotäugige Kaninchen – und da war endlich auch der Bärenkäfig. O Gott, hinter den rostigen Gitterstäben hockte wahrhaftig ihr Peregrin! Er kehrte ihnen den Rücken zu, war mit jemandem, den sie im Halbdunkel des Käfigs nicht erkennen konnten, in ein Gespräch vertieft und schien ganz und gar nicht unglücklich zu sein.

»Na so was«, sagte Christopher, »ich glaube, dem gefällts hier gar!«

»Peregrin«, rief Cecily Ann, »Peregrin!«

Peregrin wandte sich mißmutig um, doch dann erkannte er die vertrauten Gesichter seiner Freunde, drückte seine Schnauze durch die Gitterstäbe und umarmte und küßte sie, so gut es ging.

»Wir sind gekommen, um dich zu befreien«, flüsterte ihm Cecily Ann zu.

»Wie wollt ihr denn das anstellen?« fragte Peregrin.

»Mach dir keine Sorgen«, brummelte Christopher geheimnisvoll, »verlaß dich da nur auf uns.«
»Oh«, sagte Peregrin, »aber zuerst muß ich euch meine amerikanische Freundin vorstellen.«
»*Amerikanische* Freundin?« Cecily Ann traute ihren Ohren nicht.
»Jawohl, Miss Loretta aus Milwaukee, die berühmte Tänzerin, zum ersten Mal auf Tournee in der Alten Welt!«
Peregrin sagte das mit so sichtlichem Stolz, daß man ihn selbst für den Direktor der Tierschau hätte halten können.
Aus dem dunklen Hintergrund des Käfigs tauchte nun das über alle Maßen hübsche Bärenmädchen auf, machte einen Knicks und reichte Cecily Ann und Christopher die zierliche Pfote.
»How do you do«, sagte sie.
Peregrin räusperte sich, ein Zeichen, daß er Wichtiges auf dem Herzen hatte, und sagte: »Ich danke euch, Freunde, daß ihr gekommen seid, um mich zu befreien. Aber ich kann nur unter einer Bedingung mit euch gehen . . .« Er schwieg und blickte Loretta an.

»Ich gehe nur mit, wenn Loretta mich begleitet.«
Die Stille, die folgte, war schwer wie ein Sommertag mittags im Wald. Peregrin hatte einen roten Kopf und sah zu Boden, Loretta betrachtete nachdenklich ihre Fingernägel, und Christopher und Cecily Ann starrten Loretta erwartungsvoll an.
»Gut«, sagte Loretta schließlich, »ich komme mit euch.«
Die drei Freunde seufzten glücklich auf.
»Achtung!« zischte Cecily Ann. »Jetzt geht's los!«
»Hum?« Christopher verstand nicht.
»Hilfe, der Löwe ist los!« schrie Cecily Ann, so laut sie nur konnte. »Rette sich wer kann!«
Durch die Menge der Besucher fuhr der Schreck, und ein heilloses Durcheinander begann. »Der Löwe ist los, der Löwe ist los!«
Eine Dame öffnete kreischend einen der Affenkäfige und stieg mit gerafften Röcken hinein, um sich in Sicherheit zu bringen, die befreiten Äffchen sausten davon, die Leute rannten sich gegenseitig um, und der traurige alte Löwe in

seinem Käfig fing heiser zu brüllen an, was die Panik nur noch steigerte. Mister Mooney, der ein Nickerchen in seinem Wohnwagen gemacht hatte, erschien mit Bartbinde und Unterhosen und brüllte nach den drei Stallburschen, die sich aber längst im Kassenraum am Eingang verbarrikadiert hatten und mit dem livrierten Schimpansen herumrauften, weil der sie für Diebe hielt. Aus der Ferne hörte man die Feuerwehr anrücken – o ja, nicht der Löwe war los, wohl aber, wie man sagt, der Teufel!

Besseres konnten sich unsere Freunde nicht wünschen, und dann klappte alles wie am Schnürchen. Cecily Ann schob den eisernen Riegel des Bärenkäfigs auf, durch einen Hinterausgang liefen die vier davon, schnurstracks zum Bahnhof, und hatten gerade noch Zeit, im Stehen einen Tee aus Pappbechern zu trinken, bevor der Zug eintraf, der sie zurück in das Dorf bringen sollte, von dem es nur noch ein Tatzensprung bis nach Hause in den königlichen Wald von Oakland war. Sie hatten einander soviel zu erzählen, daß die Fahrt wie im

Flug verging, und als sie endlich vor ihrem Häuschen standen, waren sie müde von dem langen aufregenden Tag.

Trotzdem dachte keiner daran, ins Bett zu gehen. Peregrin verschwand gleich in der Küche, Christopher zündete im Wohnzimmer den Kamin an, Cecily Ann zeigte Loretta das obere Stockwerk, und als sie die Treppe herunterkamen, band Peregrin gerade seine grüne Schürze ab und bat sie zu Tisch. Es gab Tee und gebratene Eier, eingemachte Tannen-

zapfen und deftiges Landbrot, Butter und Honig, und zur Feier des Tages holte Peregrin, nachdem alles aufgegessen war, die Flasche mit dem Honigwein aus dem Wandschrank und auch die guten Gläser, die besonderen Gelegenheiten vorbehalten waren. Nach dem ersten Gläschen wurde ihnen noch wohliger zumute, und nach dem zweiten fing Peregrin an zu singen; Christopher faßte Loretta um ihre hübsche Taille, Peregrin nahm Cecily Ann bei der Hand, und sie gingen in den Garten und tanzten einen Bärentanz nach dem andern, bis es dunkel wurde. Und auch dann hörten sie nicht auf; im Mondlicht hüpften und sprangen, trapsten und sangen sie, und zuweilen stiegen Christopher und Peregrin den Mädchen auf die Füße und sagten »Pardon!«. Loretta tanzte noch für alle ein Solotänzchen, zu dem die Kuh Louise, die über den Zaun guckte, mit der Glocke den Takt bimmelte. Nie zuvor waren sie so glücklich gewesen, und Peregrin stimmte in seinem Übermut »Zwei Bären wollten Hochzeit machen« an.
Aber davon konnte natürlich keine Rede sein.

Sie waren die besten Freunde, die es auf der großen, weiten Welt gab, und sie leben noch heute zu viert mit Louise, der Kuh, im Wald von Oakland in ihrem kleinen Haus. Und wenn ihr zufällig dorthin kommt, dann grüßt sie schön von uns und sagt, wir kämen bald mal vorbei, und sie sollten schon die Rosinenbrötchen und den Honigwein bereithalten.